Une souris verte   qui courait dans l'herbe   je l'attrape par la queue   je la montre à ces Messieurs   ces Messieurs me d

picoti picota   lève la queue   et puis s'en va.   Une souris verte   qui courait dans l'herbe   je l'attrape par la q

Une poule sur un mur   qui picote du pain dur   picoti picota   lève la queue   et puis s'en va.   Une souris

trempez-la dans l'huile   trempez-la dans l'eau   ça fera un escargot tout chaud.   Une poule sur un

je l'attrape par la queue   je la montre à ces Messieurs   ces Messieurs me disent   trempez-la dans l'huile   trempez-la dans pez-la dans l'huile   trempez-la dans l'eau   ça fera un escargot tout chaud.   Une poule sur un mur   qui picote du pain dur

montre à ces Messieurs   ces Messieurs me disent   trempez-la dans l'huile   trempez-la dans l'eau   ça fera un escargot tout chaud.

ourait dans l'herbe   je l'attrape par la queue   je la montre à ces Messieurs   ces Messieurs me disent

icote du pain dur   picoti picota   lève la queue   et puis s'en va.   Une souris verte   qui courait dans l'herbe

ra un escargot tout chaud.   Une poule sur un mur   qui picote du pain dur   picoti picota   lève la queue   et puis s'en va.

Première édition dans la collection *lutin poche* : janvier 2007
© 1990, l'école des loisirs, Paris
Loi numéro 49 956 du 16 juillet 1949 sur les publications
destinées à la jeunesse : septembre 1990
Dépôt légal : janvier 2007
Imprimé en France par Aubin Imprimeur, Poitiers

Claude Ponti

PÉTRONILLE

et ses 120 petits

lutin poche de l'école des loisirs
11, rue de Sèvres, Paris 6ᵉ

C'est le matin. Pétronille boit son thé au gruyère devant sa maison.
Elle regarde le soleil se lever. Il a bien dormi. Pendant la nuit, des champignons ont poussé.
Il va faire beau.

Pétronille prépare le déjeuner
de ses petits.
Elle en a beaucoup.

120, exactement.
Douze fois tous les doigts des deux mains.

Comme tous les matins, ils ont très faim
et prennent leur biberon sur ses genoux.

Ensuite, ils font chacun un dessin
pour leur papa qui est loin.
Il s'appelle Everest.

9

Pétronille va s'en aller faire des courses.
Elle laisse ses petits à la maison.

Leurs dessins terminés,
ils les mettront dans une grande
enveloppe blanche
qu'ils posteront.

En chemin, elle pense à tous ses enfants. Elle y pense *si fort* que ça fait une fleur rose autour d'elle. Elle est très heureuse d'être une fleur avec *autant* de pétales.

Chez l'épicier, elle achète une grosse tranche de pomme,
un grain de riz, cinq paquets de pâtes,
un jeu de mistigri et 120 sucettes.

Elle décide de rentrer
par la Forêt Touffue qui est si belle
dans la lumière de l'été.

Elle ne voit pas les yeux
qui la guettent entre les feuilles.

Ce sont les yeux de **Cafouillon** qui est si bête qu'il mélange
toujours tout. Il croit que Pétronille est une souris verte.

Il l'attrape et la donne à ces Messieurs. Ces Messieurs la trempent dans l'huile et la trempent dans l'eau,

pour en faire un escargot
tout chaud.

Pétronille
n'est pas d'accord

et trouve le moyen de s'échapper.

C'est un moyen très rapide
et même assez pratique.

Malheureusement, il a si mal aux oreilles
qu'il ferme les yeux, l'imbécile.

Pétronille s'envole par-dessus un troupeau de roches endormies. Elle se sent un peu molle dans les chevilles.

Elle s'écrase près d'une colline. En plus, une Pluviotte à aigrette se met à faire de la pluie.

Elle court se mettre
à l'abri sous un dolmen
tout en haut,
sur la colline.

Les trois pierres habitent sous le même chapeau depuis si longtemps
qu'elles ont oublié quand elles l'ont acheté. Elles s'ennuient
et pleurent sous la pluie.

Pétronille n'aime voir pleurer personne, encore moins les pierres. Elle sort de sa poche le jeu de mistigri et leur apprend à jouer.

Et voilà qu'on entend rire sur la colline.

Les trois pierres donnent un petit caillou à Pétronille
en échange du jeu de mistigri. Peut-être aussi pour la remercier.

La pluie qui tombe
très fort fait un rideau.

Pétronille va voir
de l'autre côté.
Il y a un chemin.

Elle décide de le prendre.
C'est un mauvais chemin qui fait exprès de perdre les gens.

La voilà complètement perdue, au milieu de plantes féroces
qui veulent la mordre et la manger.

Elle n'a pas vraiment envie d'être mangée. Elle s'enfuit et s'accroche à des poussins qui jouent à être une corde.

Pétronille est sauvée grâce
aux poussins qui sont très malins.

Surtout Blaise, le poussin masqué, qui sait tout
et même encore plus.

Une petite fille est en train de lire dans sa forêt-bibliothèque. Elle s'appelle Adèle et n'a rien vu. Pétronille, elle, continue.

Alors là, elle est plus perdue que perdue.
Elle pense qu'elle est au moins ailleurs.

Il y a encore quelqu'un qui pleure.
Cette fois c'est une madeleine.

C'est difficile à consoler, une madeleine. Et puis toutes ces larmes qui font une mare…

…un lac, une mer, un océan, un super océan géant, c'est gênant.

Pétronille lance le petit caillou offert par les trois pierres.

Il se met à pousser
sous l'eau…

…juste à temps
pour Pétronille
qui ne sait pas nager.

Et la madeleine pleure
toujours
malgré les câlins…

Pétronille essaie un bisou
anti-chagrin et la madeleine
éclate en huit morceaux.

Dedans, il y avait Tartarin, un de ses petits !
Enfermé dans le gâteau ! Elle n'y comprend plus rien.

Tartarin lui explique :
Que Batifoline est partie poster la lettre
pour leur papa,

et que, un horrible monstre est venu enfiler sa trompe
dans la maison, et que, il a aspiré et emporté
tous les enfants emballés dans son tablier,

et que, lui, Tartarin, il a sauté dans le ciel, et que là,
il a vu Batifoline qui s'envolait aussi, à cheval
sur la lettre qui était devenue un oiseau,

et que, lui, il est tombé et il a pleuré, et puis,
il était dans la madeleine, et que, après,
il ne sait pas.

Pétronille est toute seule, au milieu du super océan géant.
Tartarin contre son sein, elle regarde au loin…

…un étrange nuage.
C'est la robe
de quelqu'un.

La Maman-de-Toutes-les-Mamans vient aider Pétronille
à quitter son île-caillou. Avec une mèche
de ses cheveux…

…elle fait un pont par-dessus
le super océan géant.

Sur le pont de cheveux, Pétronille court.
Elle traverse le ciel comme un éclair…

…saute sur le sommet
d'une falaise.
Elle entend crier.

Ses petits sont prisonniers
dans l'arbre-cage.

Prisonniers du **Sagoinfre** qui plonge les enfants
dans le chocolat chaud avant de les manger.

Un terrible combat commence : les petits, délivrés par Tartarin, Everest et Batifoline arrivés par courrier…

…et Pétronille, furieuse, attaquent le monstre.

Tout est fini. La **bête** est morte.

Transformée en éclair de pierre
et de chocolat. Pour toujours.

La petite famille, enfin réunie, s'en retourne par n'importe quel chemin puisqu'elle ne sait pas où elle est. Le mieux est certainement de franchir le mur.

Sur le mur, une poule picote du pain dur. C'est la poule de la chanson,
mais elle ne le sait même pas. *Sa* chanson à elle, elle ne la connaît pas. Elle est nulle.

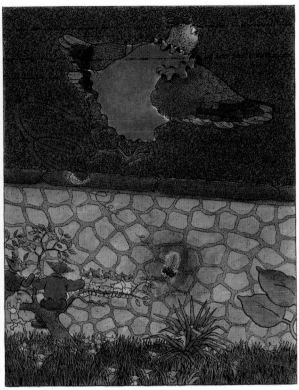

De ne rien savoir à ce point, ça la colle au mur.
Alors les petits lui chantent sa chanson.

Aussitôt, la poule lève la queue
et puis s'en va,
laissant une petite plume.

La plume grandit comme
un artichaut.

Tout le monde
grimpe dedans.

Et l'étrange Artichaut
prend son vol.

Il connaît le chemin
de la maison.

Elle est un peu cassée, mais elle a attendu là, sans bouger.

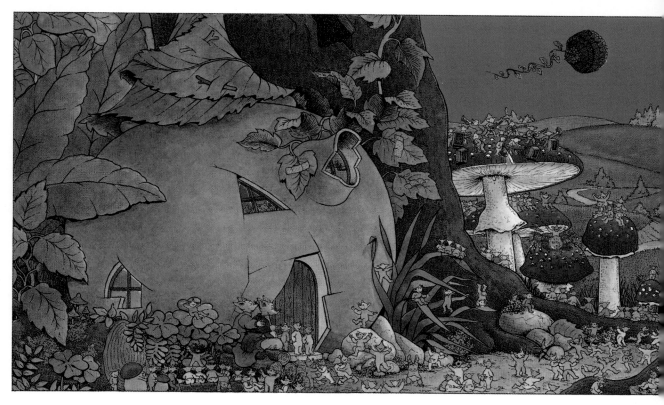

Maintenant, c'est le soir et c'est la fête. Les enfants font un spectacle où ils ont tout inventé. Leurs parents regardent. La nuit sera douce.

Une souris verte   qui courait dans l'herbe   je l'attrape par la queue   je la montre à ces Messieurs   ces Messieurs me di

picoti picota   lève la queue   et puis s'en va.   Une souris verte   qui courait dans l'herbe   je l'attrape par la q

Une poule sur un mur   qui picote du pain dur   picoti picota   lève la queue   et puis s'en va.   Une souris

trempez-la dans l'huile   trempez-la dans l'eau   ça fera un escargot tout chaud.   Une poule sur un

je l'attrape par la queue   je la montre à ces Messieurs   ces Messieurs me disent   trempez-la dans l'huile   trempez-la dans